KB065671

무표정

문학과지성사에서 펴낸 장승리의 시집

반과거(2019)

문학과지성 시인선 R 18

무표정

펴 낸 날 2021년 3월 22일

지 은 이 장승리
펴 낸 이 이광호
주   간 이근혜
편   집 박선우 최지인 이민희 조은혜 방원경
펴 낸 곳 ㈜문학과지성사

등록번호 제1993-000098호
주   소 04034 서울 마포구 잔다리로7길 18(서교동 377-20)
전   화 02)338-7224
팩   스 02)323-4180(편집) 02)338-7221(영업)
전자우편 moonji@moonji.com
홈페이지 www.moonji.com

© 장승리, 2021. Printed in Seoul, Korea

ISBN 978-89-320-3828-5 03810

이 책의 판권은 지은이와 ㈜문학과지성사에 있습니다.
양측의 서면 동의 없는 무단 전재 및 복제를 금합니다.

문학과지성 시인선 R 18

무표정

장승리

전속력으로 당신이 서 있다.

일러두기

1. 이 책은 『무표정』(문예중앙, 2012)의 복간본이다.
2. 저자의 확인을 거쳐 시를 제외하거나 시어를 수정했다.

무표정

차례

시인의 말

목걸이

누가 서 있든

거울은 거울의 바닥을 비출 뿐

투명하다

투명하다는 말은 얼마나 수상한가

턱에 뿔이 달려 있다

고개를 쳐들 때마다

목에 구멍이 뚫린다

옷을 입고 있는 건 아닌데

알몸을 볼 수가 없다

색색깔의 바닥

바닥의 이름은 얼마나 많은가

구멍에서 구멍으로 꿰어진 자들보다

차례를 기다리는 줄이 길다

말

정확하게 말하고 싶었어
했던 말을 또 했어
채찍질
채찍질
꿈쩍 않는 말
말의 목에 팔을 두르고
니체는 울었어
혓바닥에서 혓바닥이 벗겨졌어
두 개의 혓바닥
하나는 울며
하나는 내리치며
정확하게 사랑받고 싶었어
부족한 알몸이 부끄러웠어
안을까 봐
안길까 봐
했던 말을 또 했어
꿈쩍 않는 말발굽 소리
정확한 죽음은

불가능한 선물 같았어

혓바닥에서 혓바닥이 벗겨졌어

잘못했어

잘못했어

두 개의 혓바닥을 비벼가며

누구에게 잘못을 빌어야 하나

(1974~   )

　해 저물녘 나와 네 그림자를 어떻게 구분할 수 있을까 어둠을 발치에 두고 괄호 밖으로 나가지 못하는 하늘이 구부러진다 죽었으면 좋겠다고 생각했던 네가 죽었고 죽은 네가 또 죽었으면 좋겠다고 생각한다 드라이버를 꺼내 들고 돌린다 돌린다 돌린다 조여지지 않는 너의 죽음

　나를 둘러싼 풍경이 폭삭, 주저앉는다 내 발자국이 밤으로 찍히는 양각 판화 속에서 네가 숨어 있는 집을 찾지 못한다 내가 서 있는 곳은 어딘가 이제 내가 서 있는 곳을 누구에게 알려야 하나 울먹이며 두리번거리는데 바람이 얼굴을 치고 간다 바람을 붙잡는 바람은 없다

　구름장이 흰자위까지 몰려왔다 유턴을 하면서 내게 묻는다 너는 몇번째 너니 눈을 깜박이는 사이 방문이 저 혼자 삐거덕거리고 네 옷장 속에 내 눈물이 차곡차곡 개켜져 있다 눈물로 마지막 눈동자를 만들 순 없을까 나는 너를 볼 수 있지만 나는 너를 엿볼 수 없다

흙비 내리는 일요일

버스들이 왜 저렇게 멀리 있지 버스 정류장에 서서 눈을
자꾸 비비는데 눈동자 밑 다크서클로 짙게 고이던 흙비 흘
러넘치는데 당신 따라 한 방향으로만 기우는 내 몸의 잎사
귀에는 어깨를 기댈 수 없는데 날 선 바람에 장작으로 쪼개
져 휙, 휙 당신에게 던져지는데 타다닥, 저기 저 잘도 타는
당신 화염에 휩싸인 당신을 껴안아보지만 불씨 하나 옮겨
붙지 않아 뒷걸음치는 난 어디에서 어디로 쫓겨나고 있는
건지 집에 가고 싶은데 해진 몸을 입고 덜덜 떠는데 스카치
테이프로 구멍 위에 붙인 부흥 집회 전단지가 비바람에 뒤
집혀 흩어지는 기쁜 소식 눈, 코, 잎이 생기기도 전에 지나
갔어요 봄이, 마지막 당신이 자정 속으로 사라진 당신을 놓
치느라 흠뻑 젖었는데 난 온몸에 튄 흙탕물을 모아 불을 지
피는 방법을 배우지 못했는데

사월

달빛이 몸 위에 식탁을 만든다 밤 속으로 타들어가는 당신 숨소리를 들으며 식탁보 끝자락에 코를 박고 엄지손가락을 빤다 하얗게 부르튼 엄지손가락을 다른 네 손가락 밑에 숨긴다 콘센트를 앞에 두고서도 플러그를 어디다 꽂아야 할지 몰라 청소기를 가지고 방 안을 빙빙 돌던 당신에게 암이 뇌로 전이됐어요 말하지 못했다 숫자를 더 이상 읽을 수 없는데도 고개를 돌려 자꾸 시계를 보던 당신에게 몇 신가요 물어보지 못했다 하나, 둘, 셋 다음은 어둠 바람이 당신을 통과하지 못한다 당신만큼 바람이 밀려난 곳에서 불이 비를 태우는 시간 이와 잇몸 사이에 자를 대고 칼을 긋는다 아무것도 뱉지 않는다 수박을 입에 넣어드릴 때마다 까맣게 탄 숫자를 틱, 틱 식탁 위로 내뱉던 당신이 내 앞머리를 쓰다듬는다

이상한 얼굴

저혈당으로 호환 가능한 새벽 4시 깨어 있는 한 사람을 찾다 거미줄에 걸린 어둠이 당신의 흰자위로 떨고 있다 산 자가 죽은 자보다 흐릿해 보이는 시간 출렁이는 설탕물이 아, 축축해 아, 무거워 무거워서 땀이 나 내게 필요한 것은 곁가지에 앉아 흔들리는 참새 한 마리의 가벼움 참새 한 마리의 무게도 견디지 못하고 툭, 부러지는 나뭇가지의 무거움 수수께끼와 술래 사이에서 평상심을 유지할 수 없는 양팔저울이 제 팔을 잘라버리는 사이 저 홀로 삐거덕거리던 문이 걸어 잠그는 얼굴 얼굴이라는 방은 왜 아무도 머무르지 않을 때 더 따뜻한지 10월 29일 혹은 6호실 숫자와 호환 가능한 얼굴을 찾아 열리기만 하고 닫히지 않는 죽음의 유통기한을 확인하려다 서리를 인 입김처럼 아, 너무 추워

무표정

월요일이 비처럼 내리는 밤 일요일 밤 여관 같은 밤 화요일이 엿보는 밤 눈과 시선이 겉도는 밤 0과 1 사이에 세워진 정신병원을 세는 밤 그림자가 피의 성분으로 느껴지는 밤 따질 수 없는 밤 산 잠자리를 흙 속에 묻고 물을 주는 밤 눈물 대신 혓바닥을 삼키는 밤 훔친 메모지와 훔친 연필이 서로를 노려보는 밤 떠나는 기차 대신 떠나온 금요일을 응시하는 목요일 밤 버림받은 수요일 밤 수태되기 전날 밤 기억나지 않는 밤 구운 쥐가 밥상 위에 오른 밤 앙상한 토요일 밤의 이마를 관통한 총탄 자국 웃는 밤

다른 시간

　네가 아무 말도 안 하는 시간이 늘어날수록 네 목도 늘어
났지 어느샌가 고개를 들어도 네 얼굴은 보이지 않았지 어디
에 있니 네 두 발을 네 눈동자인 양 바라보며 소리쳤지 언젠
가 네가 물었지 내 해골의 정수리에서 시곗바늘이 돋아난다
면 뭘 할래 난 대답했지 불을 붙일래 시곗바늘이 밝히는 어
둠 속에서 옷을 갈아입을래 네 꿈속에서 나는 옷이 참 많았
지 옷을 껴입을수록 앙상해지는 널 보며 너무 추웠지 옷이
부족했지 꿈이 더 필요했지 네 어둠이 더, 더, 더 이상 보이
지 않는 어둠 속에서 넌 네 발자국을 따라 이동하는 단두대
의 칼날 같았지 째깍째깍 잘려 나가도 줄어드는 건 없었지

송곳니

개 얼굴 위로
더러운 입김을 불어댄다
신음에 중독되어
계속 더러운 입김을 어, 그런데
왜 엄마가 이 개지
송곳니를 드러내며 으르렁대는
배은망덕한 개가
앞발로만 난간에 대롱대롱
발가락이 잘려 나가고
피도 잘려 나가고
조용하다
녹음기를 가져오자
엄마의 피를 녹음하자

강물

멈출 수 없던 양 날개가 머리 위에서 붙었다 이런 순간에 관객이 없다니 슬펐지만 지겹다고 말했다 지겹다고 말했더니 하품이 나왔다 밸런스가 절실했지만 한쪽 귀는 열 수 없는 문이 되었고 다른 쪽 귀는 가라앉는 돌멩이의 침묵 쪽으로 계속 자라는 중 양 백 마리 양 아흔아홉 마리 여덟 마리 일곱 마리 양의 머릿수를 세다 마지막 양이 될 운명 아무리 뒤를 돌아보아도 머리털 끝 하나 변하지 않았다 지켜웠지만 슬프다고 말했다 슬프다고 말했더니 눈물이 흘렀다 볼 수 없어 보고 싶은 얼굴들을 떠올렸다 거대한 단수 앞에서 얼어붙었다 *나는 입만 있고 너는 눈만 있는 것 같아* 하지 말아야 할 말을 해버렸다 후회되는 말 뒤에는 부당한 침묵이 놓여 있었다 가령 *제발 아무도 없을 때 날 때리세요* 영원하고도 하루가 흘렀는지도 우리는 강물과 거의 구별되지 않는다*

* "우리는 강물과 거의 구별되지 않는다"(버지니아 울프, 『파도』).

울프의 지팡이

백지가 강을 채우는 꿈

젖지 않는 백지

채워지지 않는 얼굴

밀어내면서 밀리는 자의 표정을 클로즈업하기

방향 없는 진지함*

해를 등진 시계에 가속도가 붙는다 무리에서 떨어져 홀로 산을 향하는 펭귄처럼 좌우를 잃어버린 남자에게 묻는다 왼쪽이, 어떻게 지내니 **예** 오른쪽이, 어떻게 지내니 **아니오**로 답한다 남자는, 신기루가 등가죽에 달라붙는 위협을 느끼며 허기를 달래기 위해 밥을 챙겨 먹는 대신 인형 옷을 갈아입힌다 인형이 묻는다 어디에서 **예** 어디로 가니 **아니오**로 답한다 남자는, 제자리걸음으로 집을 지나친 지 오래다 시곗바늘이 부러진다 남자가 부러진 시곗바늘로 이를 쑤신다 삼월의 낙엽처럼 이가 빠진다 꿈이 아니라 다행이다 말할 수 없는 남자가 묻는다 여기는 **예** 몇 십니까 **아니오**로 답하지 못한다 남자는, 이와 빠진 이 사이에 긴 채 내내 소름 돋기 직전의 느낌으로 한 계절을 건너지 못하고 밑으로 밑으로 가라앉는다 남자에게 밑은 왜 방향이 아닌가

* 모니카 마론, 『슬픈 짐승』.

무생물의 손

　창밖으로 묽어진 피가 내립니다 심지 자르는 소리 불 자르는 소리 그을음 자르는 소리 그믐 자르는 소리 소리가 창가에 얼룩집니다 싹둑싹둑 당신이 그렇게 잘라냈는데도 여전히 밤은 자라고 있습니다 밤과의 키 재기를 멈출 수 없던 당신 귀암에 걸린 프리마돈나의 반음으로 플랫되는「라 트라비아타」의 아리아를 들으며 흘리던 눈물도 당신도 결국 당신의 오른손이 싹둑싹둑 당신을 등진 렌즈는 이제 어디를 향하고 있습니까 남겨진 암실에서 이 모자란 어둠 속에서 당신은 어떤 얼굴로 지워지겠습니까 꿈에서 당신은 물속에서 그네를 타고 있는 아이였습니다 그네를 타다 자꾸 엉덩방아를 찧어 영영 물 밖으로 나올 수 없는 그러나 슬퍼하지 말기를 물속에서는 아무도 슬퍼하지 않았습니다 슬픔이 그 누구의 오른손도 기억하지 못했습니다 바람이 거세집니다 괜찮다고 이런 바람은 해 떨어지면 잠이 든다고 엄마의 자장가는 계속 거짓말 중입니다

콤플렉스 산책

그녀가 깨진 유리 조각 하나를 보내왔다 잘 깨지지 않는
코렐 접시를 보면 공포를 느껴 너와 함께할 수 없는 이유야
라고 적힌 엽서와 함께

그녀는 허리를 숙이는 일에 부끄러움을 느끼지 않았다 일
용할 양식을 찾기 위해서라면 상관없다고 그러나 거울 속을
뒤진 손은 아무리 씻어도 깨끗해지지 않는다고 말했다

그녀를 두 번 안았고 그때마다 그녀는 내 품에서 내 바닥
으로 우아하게 착지했다 누군가는 이소룡의 무술을 누군가
는 로셀리니의 「무방비 도시」를 누군가는 자기반성을 우아
하다고 했지 중얼거리며 세 번 그녀에게 되돌아갔지만 그녀
는 서른세 번 나를 버렸다

그녀를 위해 마지막 노래를 준비했다 노래를 부르려는데
음이 생각나지 않았다 그녀가 똑같은 곡이 담긴 테이프를
구해 와 틀어주었다 듣고 있는데도 생각나지 않았다 부를
수가 없었다

두 개로 갈라진 그녀의 혓바닥 중 왼쪽은 모래성일지도 모른다 나는 왜 파도를 음미할 줄 모르는가 오른쪽을 사랑할 수 없는가

다리를 절며 떠도는 늙은 개를 따라다니다 비에 흠뻑 젖었다 내 신발을 꾸역꾸역 씹어 삼키는 고양이 꿈을 꿨다 난생처음 하이힐을 샀다 하이힐에 목줄을 매고 하루 종일 끌고 다녔다

밸런스

너와 손을 잡는다 창문이 열린다 눈이 내린다 풍경이 느려진다 완벽해라고 말하는 네 얼굴이 불편해 보인다 너의 왼쪽 눈은 돌멩이 같고 오른쪽 눈은 수초 같다 다른 색깔의 눈물이 네 양 볼을 타고 흐른다 내가 집중하는 것은 못내 울어버린다 꿈이 물이 되고 물이 꿈이 되는 시간 자유롭게 헤엄치는 내 옆에 강보에 싸인 너는 도무지 울지 않는 완벽한 아가 안거나 등에 업고 헤엄칠 필요가 없다 죄의식도 놀이가 되는 곳 마음과 인연이 분리되는 곳 위로 다시 눈이 내린다 pardon pardon 눈 위를 걷는 내 발소리에 잠이 깬다 벌떡 일어나 외친다 임금님 귀는 당나귀 귀 당나귀 귀 당나귀 귀 베어내지 못하는 되새김질 지축이 흔들린다 계속 누설되는데 왜 너는 무너지지 않는가

방랑자

해 질 녘 유리창은 깊은 강 같아 바닥이 보이지 않는 물 속으로 뛰어들어 자동차의 붉은 미등 행렬을 뒤쫓아 어디든 내 키보다 높은 담장 앞이야 죽은 새를 보고 싶어 너머라는 말을 죽이고 싶어 새처럼 날고 싶다는 여자는 더 이상 믿을 수 없어

한여름에도 창문을 열 수 없어 한기로 몸을 데우는 법을 알고 싶어 소름의 엘레지로 가득 찬 방 네 영혼을 다르게 기억하는 나무들은 왜 가짓수조차 다르지 않은지 미끼로 빛나는 그물의 안과 밖은 어디인지

바늘이 가리키는 대로 괘종이 울리는지 확인한 후에 나는 또 뛰어드는데 틀어박혀 있는데 찢어진 부츠를 질질 끌고 다니다 도랑에 빠진 채 동사한 너를 사랑해 봄이 거적때기처럼 네 몸을 가리는 순간 이미 다른 겨울을 걷고 있는 네 얼굴을 사랑해

직사각형 위에 정사각형*

눈이 내린다 반투명 유리를 사이에 두고 눈의 그림자가 내린다 그림자 무늬를 두른 이 시간이 온통 낯선 얼굴뿐인 빈방 같다 앉을 자리를 찾지 못하고 귀 끝까지 빨개진 나에게 옆자리를 내어주지 않는 그림자여 너는 왜 모르는가 내가 너의 가장 차가운 피부라는 걸 내가 막 눈송이 하나가 되어 떨고 있다는 걸 서로의 몸속으로 파고들 수 없는 우리는 덩그러니 마주 보며 서 있는 골대들 같다 타고나기를 그라운드가 무서운데 승부가 무슨 소용인가 네 표정으로 스코어를 짐작하다 승패가 갈리기 전에 벨벳 커튼을 친다 승자와 패자의 온도 차로 이슬이 맺힌다 몸 위로 주르륵 물이 흐른다 몸에 모서리가 생기고 모서리에 곰팡이가 핀다 너와 나 사이의 거리가 얼마나 더 두꺼워야 이 추위가 끝나나 오줌이 마렵다 어젯밤 꿈에서 나는 깨끗한 화장실을 찾지 못했다

＊ 버지니아 울프, 『파도』.

상행선

행인이 면도날을 건넨다
도로 위에 누워 있던 시체가
고개를 들어 나를 쳐다본다
오늘의 미션은
죽은 사람 죽이기
면도날을 꽉 움켜쥔다
발등 위로 핏방울이 떨어진다
시체가 태아처럼 웅크린다

아가야 아가야 어제 넌
도로 위 노루였니
차에 치여 죽은 노루 옆에
가만히 앉아 있던 산 노루
다가오는 차를 피하지 않고
헤드라이트를 응시하던
밤보다 큰 눈물을 지나
아가야 아가야 어제 넌
헤드라이트를 향해 달려들던

도로 위 토끼를 보았니
뒷바퀴가 아니라 빛에 치인 거라
날 달래던
도로 위 천사를 벌써 잊었니

반대 차선으로 핸들을 꺾지 못한
내 두 손에 대하여
주먹이 펴지질 않는다
나머지 네 손가락 아래인지 위인지
엄지손가락의 위치를 살피다
차선을 바꿔 죽음이 속력을 낸다
추월하기도 전에
발등 위로 핏방울이 마른다

밀실 정원

엘리베이터 안이었다 벙어리장갑을 낀 소년과 수녀복을
입은 소녀와 죽은 새가 있었다 소년에게 말했다 죽은 새의
무덤으로는 네 벙어리장갑이 좋겠구나 안 돼요 수직 이동만
가능한 곳에서는 그 어떤 것도 나눠 줄 수 없어요 소년이
말했다

이게 바로 내가 원하는 삶이었어요 소녀가 말했다 나이
들어 황금색 왕관을 쓰고 혼자 영화관에 가고 싶지는 않았
어요 가만히 있어도 날고 있는 지금 몸의 무게가 느껴지지
않아 행복해요 솟구친 바다 같아요 이 옷은

소년이 말했다 나스타샤 킨스키를 기다렸어요 온통 빨간
그녀를 떠올리며 담배를 태웠어요 그녀와 함께라면 광장도
밀실이 되었어요 지퍼를 내렸어요 하늘이 눈을 감았어요 들
어 올린 고개가 숙여지지 않았어요

길거리에 버려진 담배꽁초들을 주워 화분에 심었어요 소
녀가 말했다 처음 보는 기침 가래들이 저요 저요 하고 잎을

틔웠어요 모조리 떼버렸어요 작별 인사도 제대로 나누지 못
했는데 발아래부터 모래가 쌓이기 시작했어요

　파리 텍사스와 모래성 사이에서 엘리베이터 문은 닫히지
않고 닫히지 않는 문은 고스란히 악몽이 된다 벙어리장갑은
장갑차가 되어 소년의 얼굴을 짓이기고 소녀는 더 이상 보
이지 않고 점점 작아지다 죽은 새는 숫자가 지워진 버튼이
되고

모르고 하는 슬픈 일

몸이 닳아 사라질 때까지
내 꿈속에서 목욕을 해야 하는 벌을 받고 있다 넌
온몸에 비누칠을 하고 있다
비누 거품에 파묻혀
끝끝내 나와 눈을 마주치지 못하는 네가 너무 그립지만
영영 닳지 않는 지옥 속에서 난
더럽게 깨끗하다

곤히 자고 있는 네 숨소리를 과거의 한 컷으로 느끼던 내
죗값을 왜 네가 치르는 거니 네 손이 닿지 않는 등은 내버
려둔 채 나는 왜 곰팡이 핀 꿈의 내벽만 닦고 있는 거니 미
처 닦지 못한 곰팡이는 어쩌자고 아름다운 거니 무엇에 대
한 배반이 아름다움인 거니 저, 저 목련은 어쩔 거니 나는
왜 절정의 목련 꽃 아래에서 병든 너와 사진을 찍은 거니
나란히 서서 웃고 있는 거니 4등분으로 찢어지지 않는, 사
진 밖으로 목련은 꽃잎들을 떨구며 내 얼굴을 가리는데

지나간 봄이 뒷걸음쳐 낳은 밤

네 얼굴들을 네 얼굴에서 씻어내야 하는 계절
전깃줄에 매달린 빗방울들 일제히 왼쪽으로 쏠린다
빨래집게에 집힌 채 나, 비바람에 뒤집힌다
마저 죽을 수 있도록
옆으로 몇 발짝이라도 움직일 수 있도록
자다 말고 밸런스, 라 외친다

깨끗한 침대

첫 문장만 세 시간째 읽는다 이러다간 다음 문장이 내 무덤이 될 거 같아 벌벌 떨고 있는데 아 옛날이여 지난 시절 다시 올 수 없나 다시 올 수 없나 노랫소리가 계속 들린다 어디서 나는 걸까 창과 문을 열었다 닫았다 머리통과 뺨을 때렸다 말았다 거울 앞에 선다 너무 환하다 환청은 나를 포획한 소문일까 울먹이며 웃고 있는 내 눈동자 속 백상어의 1초와 반쯤 먹힌 채 눈동자를 껌벅이는 물개의 1초를 맞바꾸고 싶은 시간 소용돌이에 빨대를 꽂아 빨고 있는 내 표정 위로 쥐가 들끓는다 이젠 거울도 하나의 장르가 된다 침대 위로 쥐똥이 쏟아진다 고양이가 몰려와 쥐똥을 받아먹는다 그중 두 마리가 갑자기 쥐들을 쫓는다 바로 생포된 이 둘에게 장총을 나눠 준다 반역의 벌은 서로에게 총 겨누기 먼저 죽이는 자는 면죄된다 하나, 둘, 셋 뒤로 돌아 탕! 다시 하나, 둘, 셋 뒤로 돌아 탕! 탕! 탕! 죽지 않는 고양이들 내 왼쪽 오른쪽 귀를 문다 귀 없는 소문으로 살아야 하나 내 처벌은 왜 흠 없는 먹이가 될 수 없나 난 이제 침대 위에 굴러다니는 쥐똥 중에서 내 눈동자를 골라야 한다 두번째 문장을 읽어야 한다

게임 오버

자러 올래? 이 한마디를 했을 뿐인데 내 그림자 曰, 너는
초등학교 5학년 때부터 화장을 했잖아 엄마는 찾아내는 대
로 화장품을 버렸고 너는 그런 엄마를 버렸잖아 쓰레기통
에는 얼마 쓰지 못한 화장품과 너무 많이 써버린 엄마가 수
북이 쌓였잖아 너는 늘 얼굴과 목 색깔이 달랐잖아 중독이
었잖아 아무도 눈치채지 못하도록 아주 얇게 분칠을 했다
고 생각했지만 모두 눈치챘다는 걸 너만 눈치채지 못했잖아
네모난 이마가 싫어 아이 펜슬로 이마의 양쪽 각을 둥글렸
잖아 초등학교 졸업 사진을 보면 되잖아 아, 지금은 태양도
주물럭거리며 네모로 만들고 있다지 더 이상 화장을 하지
않는다지 진일보한 화장술 덕에 아름답잖아 너는 뒤를 돌아
보지 않잖아 소수점 아래의 나를 쓰레기통 속에 처박고선
혼자서도 잘 자잖아 알아, 불이라도 켜놔야 한다는 거 이제
는 조개껍데기가 나를 주우러 올 시간이라는 거

러닝 타임

네가 죽었다는 소식을 듣고 개운죽 위에 쌓인 먼지를 닦
는다 막 나오려는 눈물을 되감기하고 테이블 아래 숨는다
유리창 위에 빼곡히 붙여놓은 영화 전단지를 본다 아침을
가리기 위한 수많은 시놉시스 틈으로 새어 들어온 한 줄기
빛이 내 위로 나를 상영한다 「아델 H 이야기」*처럼 아름다
운 제목이 될 수 있는 이름을 찾을 수 없어 눈동자가 서쪽
으로 기운다 점점 길어지는 그림자와 열을 맞춰 뚜벅뚜벅
러닝 타임은 잘도 걷는데 영사기에서 스크린까지 레드 카펫
처럼 깔린 먼지 위로 걸을 수 없는 난 나를 관람할 수 없다
그 길로 사라진 너를 만날 수 없다

* 프랑수아 트뤼포.

푸가의 기법을 들으며

오늘은 느리게 슬프고
내일은 더 빠르게 슬펐다

정렬된 묘비는 왜 봐도 봐도
질리지 않는가

죽음이 흰 악보를 연주한다
빛의 건반을 두드리며 어둠의 변주를 되풀이한다

회전목마를 타고 싶다
어지러운 걸 좋아하는 어제 어쩌면 어머니

우주라는 단어가 공전한다
땅을 뚫고 하늘이 쏟아진다

두번째 창문

끝을 봤다고 당신은 말했지 끝은 늘 길보다 높은 곳에 있다고 끝이라는 미궁은 참 이상한 구름이라고 했지 네가 보는 나는 너의 외피로 짜여 있을 뿐이라던 당신은 훼손되지 않은 시체를 등에 얹고, 종신서원하는 수녀처럼 바닥에 엎드렸지 서커스 무대 같았지만 박수를 칠 수 없었지 길이 두번째 창문으로 들어갔지 이름 모를 역의 대합실이었지 온통 하나뿐인 얼굴들로 붐볐지 당신은 누구와도 다르지 않았지* 위아래만 있는 곳에서 나만 계속 뒷걸음질 쳤지 당신이제 아무리 배를 땅에 붙이고 있어도 저 멀리 당신의 뒤통수는 첨탑처럼 높았지 웃고 있는 건 시체뿐이었지

* "그녀는 누구와도 다르지 않았다"(루이 말, 「데미지」).

명사의 과거형

물과 피
빈 가지 위에 여덟 마리의 새가 웅크리고 있네
불멸의 나뭇잎들 같네

生과 色
하루살이 한 마리가 책장 위에 앉네
살짝 치운다는 게 그만
하루살이는 흔적도 없이 사라지고
책장 위로 色만 남네

色과 生
무슨 색깔의 줄로 목을 맬지 결정을 못해
죽을 때까지 자살하지 못한 여자
여태 고민 중이네

눈물과 동그라미
환기가 필요해
창문이 죽음을 여네

없는 네가

나 같네

왈츠와 커튼

뒤에 서 있네

4분의 3박자로 발바닥이 까매지네

발바닥처럼 눈부신

흑백사진 속 햇살에 불을 붙이네

활활 타오르며

내가 나를 가리네

한 시에서 열두 시 사이

한 시

맑고 추운 날 회색에 깃드는 보라색* 그것은 마치 내 등 줄기에서 뛰고 있는 네 심장박동 우리의 태엽을 감아주던 서로의 손가락이 한 사람의 것이었던 발자국을 추려내보지만 너에게 차마 다 내줄 수 없던 그늘 아래서 나는 왜 완성되지 못한 바느질감을 붙들고 안절부절못하는지 가다 뒤돌아보다 반박음질로 우리를 완성한들 너와 나 그 누구의 등을 따뜻하게 덥힐 수 있다고

열두 시

네발짐승으로 나타나 뒷발은 수갑이 채워진 채로, 안녕 물어도 웃고만 있는 너는 공포가 삭제된 절벽, 낙하 중인 11월, 뒷걸음치는 요람 아무리 크게 웃어도 반은 우는 얼굴 네 표정을 내 귀에 걸칠 수 있다면 알고 있어도 뒤늦게 아는 죄 죄의 삯은 사랑이라고 말할 수 있다면

사이

한여름 밤 잎 하나 없는 나무 앞에 서서 묻는다 넌 어디

에 있니 마지막 나뭇잎 돛 달고 여행을 떠났다고 가지 끝이
살짝 떨렸던가 떨림이 물결이 될 수 없는 곳에서 떠도는 게
아니라 더 도는 것뿐이라고

　　＊ 피에르 보나르.

기별

4페이지를 보라고, 계단에 갇힌 당신이 책을 건네주며 소리치네 펼친 책갈피에 노란 붓꽃이 놓여 있네 꽃을 건네려는 순간 계단이 사라지네

더 이상 해명거리를 찾지 않게 될 때 뼛속까지 투명해질 거야 몸속이 호수가 될지도 모른다는 두려움이 수심이 될 거야 당신 물그림자에서 그림자를 떼어낼 거야 오려서 색종이로 팔 거야 색종이 사세요 색종이 사세요 한밤중에도 외칠 거야 메아리에 부딪혀 부서진 별들에게 종이 왕관을 씌워줄 거야 숨이 차도 너-무-힘-들-어라고 발음하던 당신의 마지막 입 모양을 흉내 내지 않을 거야 너무 힘들다는 것은 너무 길다는 것 회오리 계단도 쓸고 가지 못한 당신의 가쁜 호흡을 끝까지 읽을 수 없을 거야 쓸쓸한 독서 끝 잔상으로 남은 회색 하늘을 검지 끝에 올려놓고 빙빙 돌릴 거야 그 하늘 아래에서는 뒤를 살피지 않고 설거지를 할 수 있을 거야 갑자기 라디오 볼륨을 줄이지 않아도 될 거야 표정 하나도 죄가 될 수 있기에 대답할 수 있을 거야 고개를 들고 안녕, 또 물어도 안녕

머리카락 타는 냄새가 난다

차오르는 숨과 못 미치는 슬픔
가득한 슬픔과 모자란 숨이
구급차에 실려
빗물을 추월한다
집으로 돌아올 수 없는 귀향길
왼쪽에는 아카시아뿐인 산
오른쪽에는 길게 늘어선 야자수
포개질 수 없는 풍경 속
포개지는 길 위로는
약한 그림자도 약한 빛 같아
도대체 숨을 곳이 없다는 느낌
머리털 대신 치렁치렁
그치지 않는 비로 얼굴을 가린다
머리카락 타는 냄새가 난다

국어사전

병든 아버지 옆에서 국어사전을 읽어 내려갔다
어두운 계단을 내려가듯
병든 아버지 옆에서 검은 아버지를 읽었다
부유하는 계단에서
닿을 수 없는 바닥의 촉감을 기억하려 애쓰며
병든 아버지를 외면하며
검은 아버지를 읽다
밝아오는 죄책감을 수첩에 옮겨 적었다
인생은 슬픔이라고
말을 잃어버리기 직전 아버지는 말씀하셨다
새벽이었다
유언이 아니라 첫 울음이었다
한 단어뿐인 페이지 속에서
읽다 잃어버렸다 아버지를
아버지가 덮었다
한 계단이
한 계단을 지웠다

체온

당신의 손을 잡는 순간
시간은 체온 같았다
오른손과 왼손의 온도가
달라지는 것이 느껴졌다
손을 놓았다
가장 잘한 일과
가장 후회되는 일은
다르지 않았다

보름

설익은 감이 옥상 계단 위로 떨어진다
쿵, 쿵쿵 누가 누굴 때리는 소리 같다
자고 있던 강아지들이 벌떡 일어나
동시에 짖어댄다
썩은 과즙이 누렇게 변색된 감 주위를
달무리처럼 에워싸고 있다
어느 나무에서 떨어진 열매일까 저 달은
썩는 순간부터 눈부셔지는 달빛을 뭐라고
부르나요 당신은
자고 있던 사람도 벌떡 일어나
컹컹 짖게 만드는
그 옛날 끝없는 계단으로 떨어진
오늘 밤 저 달은
누가 누굴 계속 때리는 소리 같은데

눈, 동냥

잊을 수가 없다

너의 눈을

눈이 아니라 시선을

그 시선이 날 약하게 했다

네, 라고만 말하게 했다

결국 너의 시선이

네가 날 떠난 이유가 됐다

너의 시선은 하나의 눈으로 돌아가고

나는 이제 이미지에 야박하다

사금파리를 한가득 입에 물고

사랑해, 라고 말한다

여러 갈래 길이 되어버린

혓바닥

너의 주소를 기억하고 싶다

한번, 한 번

나

너

또, 봄

닿을 수 없는 봄의 정원

기회가 되면 보자고 했지

기회가 되면 잊을 수도 있지 우리는

각자의 미끄럼틀을 타고 그러나

너와 그녀 사이 내가 누워 있지

한 이불을 덮고 뜬눈으로

너

나

띄어쓰기

다른, 봄

우리 멀리

우리는 공중에서 더 아름답게 춤을 췄다
지는 해와 몸을 부딪치는 순간
등진 채로 서로에게 절을 했다
무대는 우리에게 안부를 묻지 않았다

얼굴 끝까지 덮어쓸 물결이 모자라
온몸이 출렁인다
바위가 되어 숨어 있다
오색 공이 되어 튀어 올랐다
묘기를 부린다
묘기를 부리지 않고
남겨지는 법을 알지 못한다

내 몸에서 네 부재로
대각선 여행을 떠난다
누르는 힘만큼 수면 위로 튀어 오르는
blue, blue, blue
가라앉지 않는 마지막 인사를 반복하며
별과 별이 멀어진다

유리 우리*

유리가 무너지며 내려앉는 소리는 우주적이었어 거대한
유리 우리였어 유리 우리를 애도하며 늙은 염소가 유리 조
각을 모았어 유리 우리에 갇혀 있던 동물들과 유리 우리 밖
에 갇혀 있던 사람들이 짝을 이뤘어 짝이 맞지 않았어 그렇
다고 늙은 염소를 죽이다니 돌았어 짝을 맞춰 계속 돌았어
우리가 무너지며 내려앉는 소리는 들리지 않았어 고개를 들
어 하늘을 보았어 정말 아름다운 해안가가 그곳에 있었어
죽였어 죽었어 늙은 염소를 애도하며 우주가 물구나무를 섰
어 유리 조각들이 별처럼 반짝였어

---

* 꿈을 꾸고 난 후에 떠올린 제목이다. 이준규 시인의 시에 나오고 김혜순
시인의 동명 시가 있다는 것을 나중에 알게 됐다.

나는 악몽을 글로 옮겨 적지만
당신은 악몽을 만들잖소*

　다시, 백마와 흑마가 서로를 향해 격렬하게 달린다 충돌
하는 순간 살갗이 벗겨진 채 살해당한 아이들의 붉은 시체
가 골목골목에서 쏟아진다 살갗이 벗겨져도 그대로인 아이
들의 공포 어린 표정에 골몰하다 내 얼굴에 그 표정이 반사
될까 두려워 공중화장실을 찾는다 화장실 표시만 봐도 밥알
을 잘 넘기지 못하는 내가 공중화장실을 청소해야 한다 욕
지기를 견디며 간신히 청소를 끝냈는데 청소하려고 벗어놓
은 브래지어 옆에 누군가 똥을 싸놨다 똥 무더기를 마주한
채로도 뭐든 잘 처먹는 누군가의 생일상에 올릴 국을 끓인
다고 하수구에는 핏물이 홍건하고 눈을 잘 못 맞추는 눈동
자들끼리 잔치를 준비하느라 분주하다 매일매일 생일 선물
이 사라진다 누군가 웃고 있다

　＊ 스티븐 소더버그, 「카프카」.

나머지 결혼식

열두 번의 괘종 소리 후
무엇이 사라졌기에
유리 구두 한 짝으로 남겨졌나
이 결혼식은
누구의 발에도 맞고
누구도 신으려 하지 않는데
끝없는 지각이
평생의 꿈일지도 모를
순도 백의 거름으로
해피 엔딩의 잎은 썩고
뿌리는 늘 푸르다

외출복

옛집을 찾아갑니다 키가 좀 커진 것뿐인데 저기 있던 것이 여기 있습니다 작아진 집과 마당 짧아진 골목길을 가지고 소꿉놀이하는 시간이 속삭입니다 신장을 속이세요 굽힐수 있는 만큼 등을 굽히고 절대 가슴을 펴지 마세요 추위만 견디면 됩니다 10년에 한 번씩 온몸에 페인트칠만 잘해주면 됩니다

눈이 내립니다 눈송이가 흔적을 감추는 자리마다 소리 없이 레일이 깔리고 그 위로 기차가 달립니다 오래전 그는 이 기차를 타기 위해 한밤중에 외출복으로 갈아입은 걸까요 터널로 들어가는지 터널에서 나오는지도 모르면서 온몸을 한밤중으로 칠한 걸까요 다음 날 아침 벌어진 채 굳은 그의 입은 불멸의 경적 같고 오늘 나는 잘 보이지 않

여기

여기는 볼 수 없는 역입니다
임종 직전 그는 기차가 오고 있다고 말했습니다
그가 그녀가 되는 순간
어머니, 당신은 나와 쌍둥이입니다

저기

감자 좀 가지고 와
어디에 있는데요
저기
저기가 어딘데요
저기
저기
저기
저기는 당신이 앓고 있는
病의 이름 같았다
감자를
아니, 저기를
찾지 못한다고
화를 내는 어머니
꿈에서도 쩔쩔매며
저기 찾아 삼 만 리
고요한 밥상을
나는 얼마나 원했던가
허기에 중독된 자

저기
아니, 어머니는
어머니가 앓고 있는
病의 이름이었다

노라의 집

세 밤만 더 자면 죽은 지 사흘째다 자기 생일을 헤아리는 자처럼 불멸이 고백했다 우리는 잠겨 있지 않고 우리는 잠겨 있다 열쇠 구멍에 꽂힌 채 부러진 열쇠는 알고 있다 그것의 불멸은 그것이 알지 못하는 불멸이라는 것을 지키지 말아야 할 약속을 지켰다 지네처럼 다리가 많아졌다 꼼짝도 할 수 없었다 시간이 한 장의 그림 같았다 코끝이 찡해졌다 빨간 구두 속에 죽어 있는 날파리처럼 방어에 능했다 선량함은, 부산물 같았다 울기 직전의 정적을 그 기나긴 광포함을 어미 새가 쾅, 하고 닫아버렸다 열쇠 구멍에 꽂힌 채 날개가 부러졌다

나뭇가지 끝

서랍 속 독약으로 하루를 연명한다 낡은 아이러니에 앉아 삼월의 나무를 바라본다 지난해의 나뭇잎들이 말라비틀어 진 채 매달려 있다 한 계절에게 버림받지 못한 채로 버림받 은 것들 죽어서도 아픈 여자에게만 영혼의 길을 물어야 되 는지도 모른다

잉어 한 마리가 조그만 어항 안을 빙빙 돈다 자기 몸이 그리는 원에 매달려 파닥인다 나뭇가지 끝이 흔들린다 폭우 가 쏟아진다 어항이 깨진다 잉어가 끝없이 떨어진다 끝이 자란다 찌르면서 찔린다 피로 물든 손잡이 열리지 않는 문 이 닫힌다

세금

커튼을 치자 파도가 쳤다

눈동자가 번식했다

의자 밑에 숨어

눈도 깜박하지 말아야지

바다를 지켜야지 다짐했다

왼쪽 갈비뼈에서 통증이 느껴졌다

세금을 내야 한다고

오른쪽 갈비뼈가 독촉을 했다

세금을 내야 한다고

수첩에 기록했다

몇번째 금기였지

지폐를 세는 사이

왕이 번식했다

해라 하지 마라

같은 파도가 왔다 가지는 않고

점점 높아지는 바다

이 왕국은 계단이 없어

배를 타고 올라가려면

어떻게 해야 하지
의자에 앉아
눈도 깜박하지 말아야지
바다를 죽여야지 다짐했다

주이상스의 요람

나는 질문을 채 이해하지도 못했는데
넌 정답을 말하는구나

정답은
포개지는 문으로 십자가를 만들 수 있다
입니다

예수가 기특해하며
네 귓불을 만진다

질문을 채 이해하지도 못해 나는
맨발로 공중화장실을 걷는다
깨끗한 변기가 없다
온통 똥, 똥, 똥
똥이 입으로 쏟아질 거 같아

젖꼭지가 하나뿐인 엄마
나는 둘인데

셋인데
젖꼭지가 하나뿐인 엄마
나는 하나만 아닌데
포개지는데
포개지고도 남는데

질문을 채 이해하지도 못해
무거운 책가방
끝까지 읽은 적 없는 불안과
한 번도 펼쳐보지 못한 불안들
책을 펼쳐
조사, 구두점까지
모조리 외워야지
틀리면
처음부터 다시
다시
다시
완벽하게 죽어야지

까마귀 떼가 익사했다

강 위에 떠 있던 까마귀 떼가 일시에 물속으로 사라졌다 넓고 평평하던 강이 좁고 긴 강으로 바뀌었다 수많은 한 여자가 나체인 채로 굽이굽이 떠내려갔다 나에게 흘리는 똑같은 미소들을 음미했다 침대맡에 놓인 구멍 난 비닐봉지에서 정액이 흘렀다 이불을 빨아야 하는데 소방차가 나타났다 나 때문에 불이 났다고? 라이터 켜는 소리를 들었다고? 나는 담배를 피우지 않았어요 외치고 또 외쳐도 차갑게 외면하는 엄마로 만석인 버스가 눈앞에서 사라질 때까지 나는 가운뎃손가락을 거두지 않았다 햇빛에 말린 적 없는 내 그림자에 코를 박고 손가락을 빨아야 하는데 이불을 빨아야 하는데 소방차가 지나갔다 침대가 범람했다 까마귀 떼가 익사했다

바짝바짝 작은 별

　두 눈을 크게 뜨고서 넌 잠들지 않은 척했어 그런 널 깨워보려 했어 아차 싶은 실수가 오래된 잘못 같아 한쪽 눈을 감았어 감은 눈만큼의 어두움이 다 보이지 않았어 너와 나 사이의 유사점이 지독한 차이점이 되는 순간 조용히 내 앞에 앉아 있던 네가 옆에서 계속 이야기하고 있었다는 느낌 내 옆은 단지 흰 벽이었는데 정면의 네 얼굴을 기억할 수 없는 이유는 뭘까 그 벽은 이제 온통 네 아픈 일기장이 돼버렸고 널 위해 울어주던 피아노는 부서진 채 웃고 있어 아랫도리를 벗고 있어도 부끄러운지 모르는 널 창밖에서 누군가 핥고 있어 네 뒤통수가 널 배반했어 침묵의 코르크 마개가 빠지고 쉰 거품이 솟아올랐어 목을 축일수록 목소리가 말랐어 자기 보호색에게 공격당하고 똥을 지려도 비명이 소리가 되지 못했어 꽃을 까먹었어 뿌리가 떨군 잎들이 하늘을 가렸어 누구를 위한 치부인가 바짝바짝 작은 별 네 옆모습은 아직 내려오지 않았어

양산

잘 지내냐고 묻지 마세요
기회가 되면 보자는
바늘구멍 같은 말도 이제 그만
낙타의 앞발을 개 대신 핥고 싶어요
뒷발에 수갑이 채워진 채로
웃고 있는 꿈속의 개처럼 등으로
당신 등을 내려가고 싶을 뿐
베일과 베일 안쪽 풍경이
분리되지 않는 곳에서
신기루에 깃발을 꽂는 일이
왜 그렇게 중요하냐고 묻지 마세요
멈출 수 없으니까
눈부시니까
백열등 아래에서 나는
양산을 펴겠어요

실존과 이미지의 푸가

조강석
(문학평론가)

1.

삶의 자명한 진실 중 하나는 우리가 돌이킬 수 없을 정도로 스스로를 깎아가며 살아나간다는 것이다. 리처드 로티의 말마따나 마치 코일이 허물 벗듯 하나씩 벗겨지며 세워지는 것이 자아라는, 끊임없이 유동하는 허상이라면 오늘의 나는 한 코일 벗겨낸 어제의 나일 뿐인데 실상 그것이 플러스 쪽인지 마이너스 쪽인지도 확신할 수는 없다. 예컨대, 170센티미터 남짓한 이 신체 어디에 자아의 알맹이가 들어 있을까? 어제의 나는 사령탑도 옥탑방도 아니다. 그리고 당연히 오늘의 나는 새마을의 나도 갱생의 화신도 아니다. 삶은 무無라는 일란성 쌍생아와 벌이는 잔여와 잉여의 싸움이어서 '나'는 차며 기울며 애써보는 것이다.

2.

해 저물녘 나와 네 그림자를 어떻게 구분할 수 있을까 어둠을 발치에 두고 괄호 밖으로 나가지 못하는 하늘이 구부러진다 죽었으면 좋겠다고 생각했던 네가 죽었고 죽은 네가 또 죽었으면 좋겠다고 생각한다 드라이버를 꺼내 들고 돌린다 돌린다 돌린다 조여지지 않는 너의 죽음

나를 둘러싼 풍경이 폭삭, 주저앉는다 내 발자국이 밤으로 찍히는 양각 판화 속에서 네가 숨어 있는 집을 찾지 못한다 내가 서 있는 곳은 어딘가 이제 내가 서 있는 곳을 누구에게 알려야 하나 울먹이며 두리번거리는데 바람이 얼굴을 치고 간다 바람을 붙잡는 바람은 없다

구름장이 흰자위까지 몰려왔다 유턴을 하면서 내게 묻는다 너는 몇번째 너니 눈을 깜박이는 사이 방문이 저 혼자 삐거덕거리고 네 옷장 속에 내 눈물이 차곡차곡 개켜져 있다 눈물로 마지막 눈동자를 만들 순 없을까 나는 너를 볼 수 있지만 나는 너를 엿볼 수 없다

—「(1974~)」전문

노스럽 프라이는 서정시를 '엿듣는 발화'로 규정한 바 있다. 장승리(1974~) 시인의 두번째 시집을 읽기 위해서는 그

의 말에 잠시 귀를 기울여보는 것도 해가 되지 않을 것이다.

> 서정시는 무엇보다도 엿듣는 발화인 것이다. 보통 서정시인은 자기 자신에게 혹은 그 밖의 누구—자연의 정령, 시의 신, 개인적인 친구, 연인, 신, 의인화된 추상 개념, 또는 자연물 등—에게 말을 거는 척한다. 〔……〕 말하자면 시인은 가령 그가 청중의 대변자가 되거나 또는 청중이 그의 말의 일부를 복창하는 일이 있다 하더라도 청중에게 등을 돌리는 것이다.
> ——노스럽 프라이, 『비평의 해부』, 임철규 옮김, 한길사, 2000, p. 474

말하자면, 노스럽 프라이는 청중에게 살짝 등을 돌리고 누군가에게 말을 거는 형식으로 발화하는 것이 서정시라고 정의하고 있는 것이다. 그의 견해에 따르면 서정시의 언어는 분절되는 순간 무대와 청중을 소환한다. 물론 이 견해에 대해서는 비평적 극복이 필요하다. 최근의 시들을 요령 있게 설명하자면 화자를 주체로 무대를 세계로 재편해야 할 절실한 이유들이 있기 때문이다. 그러나 오늘은 날이 아니다. 그리고 장승리 시인의 두번째 시집을 읽기 위해서는 노스럽 프라이의 청중이 되어주는 것도 나쁘지 않아 보인다. 아니, 그런 정도가 아니라 어쩌면 프라이의 저 유명한 언명은 이 시집에 대한 맞춤형 설명이 될 수도 있어 보인다. 이 시집에 실린 시의 상당수가 그야말로 엿듣는 청중을 등지고 누군가에게 건네는 말들이기 때문이다. 그리고 그 방백은 다정하며 아프다.

이 시집에서 중심적으로 말 건넴의 대상으로 상정되는 것은 '너'라는 인칭대명사로 지칭되는 누군가이다. 어쩌면 이 시집의 제목은 사회화된 해석을 덜어내고 글자 그대로 '너를 부르마'가 될 수도 있었을 것이다. 시집에는 '너'를 부르는 목소리가 가득하다.

그런데 모든 시에서 '너'가 동일한 대상인지 아닌지는 삼자인 독자의 편에서 단정할 수 없는 것이지만 우리는 두 가지 방향으로 '너'에 다가갈 수 있다. 하나는, 시인 스스로가 작품 속에서 던져주는 단서들을 통해서이고 또 하나는 '나'가 개별 작품 속에서 '너'를 부르는 방식 그리고 그것에 대해 '너'가 응답하고 재차 '나'에 대해 화답하는 양상을 통해서이다.

인용된 시를 보라. 제목과 구체적 사실관계가 부합한다는 느슨한 알리바이가 하나 주어져 있다. 이것을 전제로 우리는 이 시를 읽을 수 있을 것이다. 그러나 그것을 확정하는 것이 시를 읽는 주요 관심사가 되어서는 안 될 것이다. 우리는 그저 시가 생성시킨 저 내적 실재의 공간에서 무슨 일이 일어나는지를 음미하면 된다.

시의 문장 중에서 키가 되고 있는 "너는 몇번째 너니"가 가장 아프다. 1연의 첫머리에 주어져 있듯이 '너'는 '나'와 구분되지 않는다. 자신과 구분되지 않는 어떤 존재자에게 동경과 공격성을 동시에 느끼게 된다는 저 유명한 정신분석의 정식을 떠올려보면 '나'와 구분되지 않는 '너'의 죽음을 요구하는 까닭을 이해하게 된다. 해 질 녘의 귀가는 이처럼 치명적이어서 결코 바람직하지 않다.

시를 논리로 읽어야 하는 해설자의 업무를 수행하며 2연을 보자면, 2연은 1연의 정황이 무엇인지를 잘 보여주고 있다고 하겠다. 2연은 역설이다. '너'의 죽음을 그토록 갈망했던 까닭은 그것이 두려웠기 때문이다. "내 발자국이 밤으로 찍히는 양각 판화", 즉 저물녘이 지나 더 이상 '내 그림자'의 형상과 행방을 찾지 못하게 되는 시간이 되자 '내 그림자'와도 같은 '너'의 죽음이 확정되는 대신 '너'가 유실된다. 그리고 그림자의 유실 속에서 '너'의 죽음이 환기되자 오히려 '나'의 삶이 흔들린다. "나를 둘러싼 풍경이 폭삭, 주저앉는다"는 말은 금기가 갈망이었음을 확정하는 말이다. 그림자가 유실되고 '네가 숨어 있는 곳'이 좌표에서 사라지자 그와 동시에 발생하는 사태는 '내'가 서 있는 곳의 좌표가 흔들린다는 것이다. '너'의 망실 앞에서 시의 주체는 자신의 좌표에 대한 확신을 잃는다. '나'의 좌표는 '너'의 보증으로 성립된다. '너' 없이는 두리번거리는 삶일 뿐임이 자명해진다; "이제 내가 서 있는 곳을 누구에게 알려야 하나 울먹이며 두리번거리는데".

그러니 모든 귀가는 "너는 몇번째 너니"라는 질문 앞에 서는 행동이다. 해 질 녘 귀가는 이처럼 위험천만할 일이다. 시시각각 유실되는 것이 자아라면 어떤 자아망실도 실은 자아의 구축 과정이다. "나는 너를 볼 수 있지만 나는 너를 엿볼 수 없"는 까닭은 '너'에게 들키지 않고 '너'를 볼 수는 없음을 의미한다. 그리고 이는 마치 망각을 말함으로써 망각의 대상을 매 순간 호출하듯 '너'의 죽음을 갈망함으로써 '너'를 등에 업게 되는 것과 같다. 사투가 시작되고 있음이다.

3.

눈이 내린다 반투명 유리를 사이에 두고 눈의 그림자가 내린다 그림자 무늬를 두른 이 시간이 온통 낯선 얼굴뿐인 빈방 같다 앉을 자리를 찾지 못하고 귀 끝까지 빨개진 나에게 옆자리를 내어주지 않는 그림자여 너는 왜 모르는가 내가 너의 가장 차가운 피부라는 걸 내가 막 눈송이 하나가 되어 떨고 있다는 걸 서로의 몸속으로 파고들 수 없는 우리는 덩그러니 마주 보며 서 있는 골대들 같다 타고나기를 그라운드가 무서운데 승부가 무슨 소용인가 네 표정으로 스코어를 짐작하다 승패가 갈리기 전에 벨벳 커튼을 친다 승자와 패자의 온도 차로 이슬이 맺힌다 몸 위로 주르륵 물이 흐른다 몸에 모서리가 생기고 모서리에 곰팡이가 핀다 너와 나 사이의 거리가 얼마나 더 두꺼워야 이 추위가 끝나나 오줌이 마렵다 어젯밤 꿈에서 나는 깨끗한 화장실을 찾지 못했다

—「직사각형 위에 정사각형」 전문

우리는 장승리 시인의 첫 시집 제목이 "습관성 겨울"임을 기억한다. 그리고 그에게 겨울이 왜 습관성인지는 비로소 이 시를 통해 확실해진다. 앞서 읽은 시를 염두에 둘 때, "너와 나 사이의 거리가 얼마나 더 두꺼워야 이 추위가 끝나나"라는 말에 부연이 필요할까? 해설은 필요할 것이다.

대개 시적 관심이 자아 표상의 내감에 대한 것인 경우 우리가 가장 먼저 확인하게 되는 것은 집요함과 피로이다. 그리고 그 집요함이 왜 독자에게까지 전달되어야 하는지를 곰 곰 생각해보게 하는 경우도 많다. 그러나 장승리 시인의 시는 머리를 울리는 것이 아니라 가슴에 먼저 박힌다. 인용된 시는 집요한 대신 아름답다. 이 시인은 진술하지 않고 이미지로 말하기 때문이다. "직사각형 위에 정사각형"이라는 시 제목은 그의 기예에 대한 확실한 알리바이가 된다. 축구장의 "골대" 이미지가 시에 사용되었음을 알기에 이 제목은 승부와 거리에 대한 명료한 이미지로 선명하게 눈에 밟힌다.

눈이 내리는 까닭, 다시 '습관성 겨울'이 찾아오는 까닭은 '너와 나 사이의 거리' 때문이다. 그러니 이 추위는 습관성일 뿐더러 실존적이다. '너'가 환기되는 시간의 온도가 간극의 바로미터이다.

네 꿈속에서 나는 옷이 참 많았지 옷을 껴입을수록 앙상해지는 널 보며 너무 추웠지 옷이 부족했지 꿈이 더 필요했지
— 「다른 시간」 부분

이 시집에서 추위가 환기되거나 눈이 내리는 계절이 거듭 찾아오는 정황을 여러 번 인용할 수 있지만 대표적으로 하나만 더 부기하자면 아마 이런 대목이 될 것이다. 이 짧은 구절은 "직사각형 위에 정사각형"의 반복만큼이나 에셔M. C. Escher적이다. 추위는 '네 꿈' 속에 등장하는 '나'에게 꿈이 더 필요하기 때문에 찾아온다. 그러니 다시 「직사각형 위에 정사각형」으로 돌아가자면 "마주 보며 서 있는 골대들"처럼 거리를 좁히지 못한 채, 그라운드를 무서워하는 이에게 중요한 것은 승부가 아니라 꿈이다. '너'는 추위의 표상이자 꿈의 표상이다. "너와 나 사이의 거리가 얼마나 더 두꺼워야 이 추위가 끝나나" 하고 묻지만 '너'와의 거리는 꿈이 파놓은 심연의 깊이에 비견된다. "내가 너의 가장 차가운 피부"라는 구절이 서늘한 까닭은 '너'를 호출함으로써만 마음이 차갑게 풀리는 '나'의 실존적 추위가 대번 실감되면서 동시에 아름답기 때문이다.

4.

살펴본 것처럼 이 시집의 기본 기조는 '나와 너 사이의 거리' 그리고 그 거리에서 불어오는 실존적 바람과 추위이다. 그렇기 때문일까? 이와 더불어 역시 빈번하게 읽어낼 수 있는 것은 균형과 밸런스에 대한 요청이다. 서두에 언급했듯,

오늘의 나는 고정된 장소가 아니라 어제의 나로부터 잔여와 잉여를 거듭해가는 과정일 뿐이라고 했을 때, 어제의 나인 '너'와 오늘의 나 사이에서 중심을 지탱하려는 열망은 양자 사이의 거리에서 환기되는 추위만큼이나 강렬하다.

지나간 봄이 뒷걸음쳐 낳은 밤
네 얼굴들을 네 얼굴에서 씻어내야 하는 계절
전깃줄에 매달린 빗방울들 일제히 왼쪽으로 쏠린다
빨래집게에 집힌 채 나, 비바람에 뒤집힌다
마저 죽을 수 있도록
옆으로 몇 발짝이라도 움직일 수 있도록
자다 말고 밸런스, 라 외친다

　　　　　　　　　　　　　—「모르고 하는 슬픈 일」 부분

"네 얼굴들을 네 얼굴에서 씻어내야 하는" 것은 시간의 숙명이다. 그리고 잔여에 대한 이 감각은 정확히 잉여에 대한 감각과 합동이다. "마저 죽을 수 있도록" "밸런스"를 외치는 까닭이 바로 그것이다. 이 시의 앞부분은 다음과 같다.

몸이 닳아 사라질 때까지
내 꿈속에서 목욕을 해야 하는 벌을 받고 있다 넌
온몸에 비누칠을 하고 있다
비누 거품에 파묻혀

끝끝내 나와 눈을 마주치지 못하는 네가 너무 그립지만

영영 닿지 않는 지옥 속에서 난

더럽게 깨끗하다

'너'는 '내' 꿈속에서 '나'의 잉여와 과잉을 덜고 씻어내는 시시포스의 형벌을 대리 수행하고 있고 앞서 보았듯, 그런 '너'의 꿈속에서 '나'는 '너'와의 거리가 만드는 추위 속에서 꿈을 꾼다. 그런 의미에서 볼 때, 이 에셔적 순환 구조 안에서 '너'는 바로 내 욕망의 잔여물이다. 다시 말해, '너'는 '내' 꿈속에서 잉여와 과잉을 정돈하는 잔여다. 그리고 그 잔여의 꿈속에서 '나'는 다시 욕망과 잉여의 새살을 불린다. 이 물레질은 끝이 없다. 삶 자체가 잔여와 잉여의 연속이다. 그러니 무의식중에 "밸런스"를 외치는 것은 너무나 합당한 일이다. 비록 무의식중에도 평온에 대한 갈망을 멈출 수 없다는 것은 또 다른 슬픔일지언정; "밸런스가 절실했지만 한쪽 귀는 열 수 없는 문이 되었고 다른 쪽 귀는 가라앉는 돌멩이의 침묵 쪽으로 계속 자라는 중"(「강물」).

5.

그런데 밸런스에 대한 요청과 더불어 눈에 띄는 것은 그것이 시집의 여러 곳에서 이렇게 변주된다는 것이다.

두 개의 혓바닥
하나는 울며
하나는 내리치며
정확하게 사랑받고 싶었어

—「말」 부분

두 개로 갈라진 그녀의 혓바닥 중 왼쪽은 모래성일지도 모른다 나는 왜 파도를 음미할 줄 모르는가 오른쪽을 사랑할 수 없는가

—「콤플렉스 산책」 부분

왼쪽에는 아카시아뿐인 산
오른쪽에는 길게 늘어선 야자수
포개질 수 없는 풍경 속
포개지는 길 위로는

—「머리카락 타는 냄새가 난다」 부분

그러니까, 밸런스에 대한 요청은 왼쪽과 오른쪽의 차이에 대한 감각으로 변주된다. 처음 인용된 시를 보라. 차이가 말이 될 때는 두 개의 혓바닥이 되고 이때 두 개의 혓바닥이 각기 발설하는 것은 슬픔과 책망의 말들이다. 그리고 두번째 인용된 시에서 보듯 이 양자는 슬픔으로 쌓는 모래성과 질책의 노도에 비견된다. 그러므로 인용된 첫 시의 마지막 행은

절창이다. 슬픔과 책망 양쪽의 균형점을 "정확하게" 지킴으로써 사랑은 태동한다. 다시 말해 반성적 성찰과 욕망이 배를 맞추고 부동하는 지점에서 사랑이 태동한다는 것을 그는 알고 있다.

밸런스에 대한 요청이 풍경의 옷을 입을 경우 세번째 인용된 시에서와 같은 구절을 얻을 수 있다. 여기에서도 시각장의 중심은 한 기후 속에서 포개어질 수 없는 왼쪽과 오른쪽의 풍경이 에셔의 그림에서처럼 환영적으로 포개어지는 길의 소실점이다. 물론 이 환영 역시 욕망의 소산이다. 그리고 다시 한번 이 욕망은 이런 식으로 재변주된다.

오늘은 느리게 슬프고
내일은 더 빠르게 슬펐다

정렬된 묘비는 왜 봐도 봐도
질리지 않는가

죽음이 흰 악보를 연주한다
빛의 건반을 두드리며 어둠의 변주를 되풀이한다

회전목마를 타고 싶다
어지러운 걸 좋아하는 어제 어쩌면 어머니

우주라는 단어가 공전한다

땅을 뚫고 하늘이 쏟아진다

—「푸가의 기법을 들으며」 전문

'나'와 '너'의 끊임없는 회전이 파는 심연은 추위의 근원
이지만 또 다른 한편으로 그것은 아이러니하게도 욕망과 삶
의 근원이 된다. 회전의 정지는 곧 평온과 균형을 의미하지
만 그것은 도플갱어의 만남에서만 성립되는 죽음과 무를 지
시하는 것과 다르지 않다. 인용된 시에서 푸가의 현란한 변
주가 정렬된 묘비와 나란히 놓이게 되는 까닭은 바로 그 때
문이다. '푸가의 기법'은 복잡한 화성들이 실상 대단히 정밀
하게 균형을 이루는 대위법을 의미하는데 대위법이 무엇인
가? 그것이야말로 완벽한 음악적 밸런스의 천상적 집약이 아
닌가? 바로 그 정밀하고 아슬아슬한 밸런스의 중심에서 정렬
된 묘비를 보는 것은 비유에 그치지 않는다. 흰건반과 검은
건반이 벌이는 푸가의 향연은 회전목마처럼 아찔하고 땅과
하늘이 상호 침투하며 우주가 공전하는 절기에 가까운데 그
한 중심에 놓여 있는 것은 엄연하게도 정지와 고요 그리고
죽음이다. 푸가에서 죽음을 보는 자는 시인이요, 그 죽음을
집행하는 자는 한 치도 어김없는 밸런스의 날개를 지닌 사신
이다. 밸런스가 욕망의 대상이지만 동시에 손에 쥐어서는 안
되는 치명적 물건처럼 언제나 유예되어야 하는 것은 이 때문
이다. 그러니 '나'와 '너'의 회전의 동력은 삶 그 자체가 아닐

것인가.

월요일이 비처럼 내리는 밤 일요일 밤 여관 같은 밤 화요일이
엿보는 밤 눈과 시선이 겉도는 밤 0과 1 사이에 세워진 정신병원
을 세는 밤 그림자가 피의 성분으로 느껴지는 밤 따질 수 없는 밤
산 잠자리를 흙 속에 묻고 물을 주는 밤 눈물 대신 혓바닥을 삼
키는 밤 훔친 메모지와 훔친 연필이 서로를 노려보는 밤 떠나는
기차 대신 떠나온 금요일을 응시하는 목요일 밤 버림받은 수요
일 밤 수태되기 전날 밤 기억나지 않는 밤 구운 쥐가 밥상 위에
오른 밤 앙상한 토요일 밤의 이마를 관통한 총탄 자국 웃는 밤

—「무표정」 전문

제목은 "무표정"이지만 우리는 이 시에서 '너'를 대하는 표
정이 조금은 달라져 있음을 알 수 있다. 이 시 역시 푸가의
변주이기 때문이다. 여기서 무표정은 원인이 아니라 결과이
다. 무가 요청되는 까닭은 인용된 시에서 다채롭게 변주되
는 이미지들을 대위법적으로 정돈할 진공이 있어야 하기 때
문이다. 대칭을 자세히 푸는 것은 해설의 월권이므로 생략하
되 그 중심에 "그림자가 피의 성분으로 느껴지는 밤"과 같은
구절이 있음은 말해두는 것이 좋겠다. 앞서 '너'가 '나'의 그
림자로 종종 비유되었다는 것을 다시 상기한다면 이 구절은
'나'와 '너'의 회전의 동력이 삶 그 자체임을 재확인하는 것에
가깝다고 할 수 있다. 푸가의 한가운데 죽음이 있듯이 이미

지 대위법의 한가운데에 무가 있다. 그리고 그 무로 인해 비로소 '너'와 '나'의 회전은 견뎌지되 견뎌야 하는, 견딜 만한 사태가 될 수 있다.

　　너와 손을 잡는다 창문이 열린다 눈이 내린다 풍경이 느려진다 완벽해라고 말하는 네 얼굴이 불편해 보인다 너의 왼쪽 눈은 돌멩이 같고 오른쪽 눈은 수초 같다 다른 색깔의 눈물이 네 양볼을 타고 흐른다 내가 집중하는 것은 못내 울어버린다 꿈이 물이 되고 물이 꿈이 되는 시간 자유롭게 헤엄치는 내 옆에 강보에 싸인 너는 도무지 울지 않는 완벽한 아가 안거나 등에 업고 헤엄칠 필요가 없다 죄의식도 놀이가 되는 곳 마음과 인연이 분리되는 곳 위로 다시 눈이 내린다 pardon pardon 눈 위를 걷는 내 발소리에 잠이 깬다 벌떡 일어나 외친다 임금님 귀는 당나귀 귀 당나귀 귀 당나귀 귀 베어내지 못하는 되새김질 지축이 흔들린다 계속 누설되는데 왜 너는 무너지지 않는가

—「밸런스」 전문

　　죽음을 갈망하던 대상과는 어떻게 손을 잡는가? 그 죽음이 스스로의 소멸과 대위법을 구성한다는 발견을 통해 가능하다. 그러나 그렇다고 해서 인용된 시에 해피 엔딩과 미봉이 있는 것은 아니다. 해피 엔딩과 미봉은 틀림없는 과잉이기 때문이다. 잔여와 잉여의 대위법에 어긋나는 화해는 애써 창조한 푸가를 망친다.

시의 앞부분에서 '나'와 '너'가 손을 잡자 이내 눈이 내리는 것, 중심에 서자 회전의 풍경이 느려지는 것에 대해서는 이제 다시 설명이 필요할 것 같지 않다. 다만, '나'와 '너'가 손을 잡는다고 해서 곧바로 사태가 밸런스의 완성으로 귀결되지는 않는다는 것을 기억하자. 죽음과 무는 원리로서 중심이지만 생으로서는 종결이다. 이 오래된 해후가 다시 생산하는 것은 비대칭과 불균형이다. '완벽해'라고 말하는 순간 완벽은 사라진다. 영점에 도달할수록 비대칭과 불균형이 커 보인다. "꿈이 물이 되고 물이 꿈이 되는 시간"이 반복되듯이, 유영하는 이와 강보에 싸인 이, 울고 있는 이와 우는 것을 지켜보는 이가 상호 침투하고 죄의식과 놀이가 상호 변환되는 것은 필연이다. 그리고 '너'가 환기될 때 어김없이 엄습하는 추위와 용서가 교차하는 것 역시 필연이다. 눈 밟는 소리에 대한 음차로, 그리고 '너'와의 불화를 포용하는 용서라는 의미의 시어로 사용된 'pardon'이 꿈에서 현실로 돌아오는 주문이 된 것에는 바로 그런 사정이 있다. "임금님 귀는 당나귀 귀"를 외치는 것은 꿈속에서 대면한 '너'를 고발하며 소환하고 싶은, 그리하여 아이러니하게도 환영의 현존을 연장시키고픈 발설이 되고 그런 누설漏泄은 현실에서 다시 누설累雪이 된다. 그리하여, "왜 너는 무너지지 않는가"를 동시대의 다른 시들에서 흔히 보이는 집요한 자의식과 확연히 달라 보이게 하는 것은 이 영탄이 내치며 끄는 호소이기 때문이다. 그리고 이미지의 푸가를 통해 '나'의 현실에서 '너'의 꿈이 시작되기 때문이다. 바흐에게 푸가가, 에셔에게 무한 공간의 수수 께끼가 있다면 장승리에게는 바로 이와 같은 이미지 회전의 기예가 있다.

 1978년 출범하여 오늘까지 이어져온 '문학과지성 시인선'
이 독자들의 사랑과 문인들의 아낌 속에 한국 현대시의 폴리
스Polis를 이루게 된 사실은 문학과지성사에 내린 지복이기
도 하지만 동시에 한국 시를 즐겨 읽는 독자들에겐 '상리공생
相利共生'의 사안이기도 하다. 왜냐하면 한국 시의 수준과 다
양성을 동시에 측량할 수 있는 박물관의 역할을 이 시인선이
해줄 수 있기 때문이다. 요컨대 여기는 한국 시의 '레이나 소
피아Reina Sofia'이다. 시의 '뮤제오 프라도Museo Prado'가
보이지 않는 게 아쉽긴 하지만.

 그러나 '문학과지성 시인선'이 현대시의 개성들을 다 모아
놓고 있다고 오연히 자부할 수는 없다. 시인선의 편집자들이
한국어의 자기장 내에서 발화하는 시의 빛점들을 포집하기

위하여 고감도 안테나를 드넓게도 촘촘히도 작동시켰다 하더라도, 유한자 인간의 "앨쓴"(정지용, 「바다」) 작업은 빈번히 누락과 착오로 인한 어두운 그늘들을 드리워놓기 십상이기 때문이다. 환상과 우연의 힘들은 완전하고자 하는 의지를 김 빼는 한편, 우리의 울타리 바깥에서도 시의 자치구들이 사방에 산재해 저마다 저의 권역을 넓혀나가고 있다는 사실을 확인케 해 새삼 우리를 겸허한 반성 쪽으로 이끌고 간다.

모든 생명적 장소가 그러하듯이 시의 구역들 역시 활발한 대사 운동 끝에 팽창과 수축을 거듭하면서 크게 자라기도 하고 소멸되기도 한다. 때로는 구역의 진화와 시의 진화가 심히 어긋나는 때가 있으며, 그중 구역은 사용을 멈추었는데 시는 여전히 생생히 살아 있을 경우야말로 애달픈 인간사 그 자체가 아닐 수 없다. 외로 떨어진 시 덩어리는 우주선과 잡석들이 빗발치는 망망한 말의 우주에서 유랑자의 위상에 처하게 되고 갈 곳 모른 채 표류하다가 서서히 소실의 검은 구멍 속으로 빨려 들어가거나 완벽한 정적의 외진 구석에 유폐된 채로 그 자리에서 먼지로 화할 수도 있을 것이다.

실로 한국 현대시 100년을 경과하면서 역사의 무덤 속으로 들어가기를 거절하고 삶의 현장에 현존하고자 하는 의지를 내뿜는 시 뭉치들이 이곳저곳에서 출몰하는 횟수를 늘려가고 있었으니, 특히 20세기 후반기에 출판되었다가 다양한 사연으로 절판되었거나 출판사가 폐문함으로써 독자에게로 가는 통로를 차단당한 시집들의 사정이 그러하여, 이들이 벌겋

게 단 얼굴로 불현듯 우리 앞을 스쳐 지나갈 때마다 우리는 저 시 뭉치의 불행과 저들과 생이별하여 마음의 양식을 잃은 우리의 불운을 한꺼번에 안타까워하는 처지에 몰리게 된다.

그리하여 우리는 '문학과지성 시인선' 내부에 작은 여백을 열고 이 독립 행성들을 우리 항성계 안으로 모시고자 한다. 이는 '시인선'의 현 단계의 허전함을 메꾸기 위함이요, 돌연 지구와의 교신망을 상실한 시 뭉치에 제2의 터전을 제공하기 위함이요, 독자의 호시심好詩心에 모자람이 없도록 하고자 함이니, 이 삼중의 작업을 한꺼번에 이행함으로써 우리는 한국 시에 영원히 마르지 않을 생명 샘의 가는 한 줄기가 될 수 있기를 소망한다.

이 작업을 통해서 우리는 옛것의 귀환이라는 사건을 때마다 일으킬 터인데, 이 특별한 사건들은 부족을 메꾸는 부정- 보충적 행위를 넘어 새로운 시의 미각적 지대, 아니 더 나아가 새로운 정신적 지평을 여는 발견적 행동이 되고야 말리라는 것을 확신하는 바이다. 우리가 특별히 모실 이 시집들의 숨겨진 비밀이 워낙 많다는 뜻을 이 말은 품고 있거니와, 진정 이 시집들은 처음 세상에 모습을 드러내었던 당시 독자를 충격했던 새로움을 보존할 뿐만 아니라 같은 강도의 미지의 새 새로움의 애채를 옛 새로움의 나무 위에 돋아나게 해줄 것이 틀림없다. 그리하여 독자는 시오랑E. M. Cioran이 언젠가 말했듯 "회상과 예감réminiscence et pressentiment이 반대 방향으로 멀어지기는커녕, 하나로 합류하는"(「생-종 페르

스Saint-John Perse」, 『예찬 실습Exercises d'admiration』 in 〈저
작집Œuvres〉, Pleiade/Gallimard, 2011) 희귀한 체험을 생생히
누리리라 짐작하거니와, 이 말의 주인이 그 체험의 발생 주
체로 예거한 시인을 가리켜 "모든 시간대에서 동시대인으로
존재하는 사람un contemporain intemporel"이라고 말했던 것
과 마찬가지로, 이 체험의 신비함이야말로 모든 시간대에서
최고의 신선도로 독자를 흥분케 할 것이다.

그렇긴 하지만 우리는 이 재생의 사건들을 특별히 꾸미는
별도의 총서는 자제하였다. 그보단 우리의 익숙한 도시인 '문
학과지성 시인선' 안에 포함시키고자 하는데, 우리의 '시인
선' 자체가 늘 그런 신비한 체험을 독자들에게 제공해주기를
기대하기 때문이다. 다만 아주 시치미를 떼어서 독자를 정보
의 결핍 속에 방치하는 우를 범할 수는 없는 연유로, 처음부
터 시작하는 번호에 기호 R을 멜빵처럼 감춰서, 돌아온 시집
임을 표지하고자 한다. R은 직접적으로는 복간reissue의 뜻을
가리키겠지만 방금의 진술에 기대면 이 귀환은 곧 신생과 다
름이 없어서, 반복répétition이 곧 부활résurrection이라는 뜻
을 함축할 뿐 아니라 더 과감히 반복만이 부활을 가능케 한
다는 주장까지 포함할 수 있을 것인데, 그 주장이 우리 일
상의 천편일률적이고 지루하고 데데한 반복을 돌연 최초 생
의 거듭남으로 변신시키는 마법의 수행을 독자들에게 부추
길 것을 어림한다면, 그것은 아무리 되풀이 강조되어도 지나
치지 않을 것이다. 더욱이나 어느 현대 시인은 "R이 없어서,

죽음은 말 속에서 숨 막혀 죽는다*Privé d'R, la mort meurt d'asphyxie dans le mot*"(에드몽 자베스Edmond Jabès, 『엘, 혹은 최후의 책*El, ou le dernière livre*』, 1973)는 촌철로 언어의 생살을 도려내었으니, R을 통해서만 언어는 존재의 장식이기를 그치고 죽음조차 삶의 운동으로 되살리는 것이다.

그러니 '문학과지성 시인선'의 새로운 R의 행렬 속에서 우리가 독자들에게 바라는 것은 이 한 글자의 연장이 무엇이든 그 안에 숨어 있는 한결같은 동작은 저 시인이 암시하듯 숨통 터주는 일임을 상기해달라는 것이다. 이 혀를 안으로 마는 짧은 호흡은 곧이어 제 글자의 줄이 초롱처럼 매달고 있는 시집으로 이목을 돌리게 해, 낱낱의 꽃잎처럼 하늘거리는 쪽들을 흔들어 즐겁고도 신기한 언어의 화성이 울리는 광경을 마침내 목격하고 청취하는 데까지 당신을 이끌고 갈 수 있을 터이니, 그때쯤이면 이 되살아난 시집의 고유한 개성적 울림이 시집에 본래 내재된 에너지의 분출이면서 동시에 그것을 그렇게 수용하고자 한 독자 자신의 역동적 상상력의 작동임을 제 몸의 체험으로 느끼게 되리라.

㈜문학과지성사